AUX ARRÊTS

COMÉDIE EN UN ACTE

PAR

M. EDMOND DE BOISSIÈRE

Représentée pour la première fois, à Paris, sur le théâtre
de l'Odéon, le 27 février 1867.

PARIS

LIBRAIRIE DES AUTEURS DRAMATIQUES

RUE DE LA BOURSE, 10

1867

Tous droits réservés

AUX ARRÊTS

COMÉDIE EN UN ACTE

AUX ARRÊTS

COMÉDIE EN UN ACTE

PAR

M. EDMOND DE BOISSIÈRE

Représentée pour la première fois, à Paris, sur le théâtre
de l'Odéon, le 27 février 1867.

PARIS

LIBRAIRIE DES AUTEURS DRAMATIQUES
RUE DE LA BOURSE, 10

1867

A MADAME

SARAH BERNHARDT

Votre jeune et gracieux talent a fait vivre cette petite comédie, madame. Votre nom lui portera bonheur.

En. de Boissière.

DISTRIBUTION DE LA PIÈCE

GEORGES DE BUSSY.	MM. Paul Clèves.
HENRI DESRIEUX.	Montlouis.
CHAVIGNY.	Richard.
AMÉLIE VERNEUIL	Mme Sarah Bernhardt.
JULIETTE.	Mlle Delahaye.

———

La scène se passe chez Mme Verneuil, au faubourg
Saint-Germain.

———

Pour la mise en scène détaillée, s'adresser à M. Rey, régisseur
général au théâtre de l'Odéon.

AUX ARRÊTS

COMÉDIE EN UN ACTE

Un salon élégant. Au fond, une cheminée, de chaque côté de laquelle est une porte ; la porte à gauche de l'acteur est celle du dehors. Près de cette porte, une fenêtre latérale. A droite, au premier plan, une porte latérale ; une table chargée de livres et de journaux illustrés. Au milieu, un guéridon sur lequel est posé un timbre ; au pied du guéridon, est un tabouret. A gauche, un canapé.

SCÈNE PREMIÈRE

HENRI, debout, appuyé sur le dossier du canapé ; AMÉLIE, assise dessus, brode *.

HENRI

Serait-il indiscret de vous demander pour qui vous brodez ces pantoufles ?

AMÉLIE

Pour un de mes cousins.

HENRI

Ah çà, combien en avez-vous donc de cousins ?

---

* Le premier acteur inscrit tient toujours la gauche du spectateur, et ainsi de suite. Les changements de position, dans le courant des scènes, sont indiqués par des notes au bas des pages.

AMÉLIE

J'en ai... voyons... deux, trois, quatre...

HENRI

Une demi-douzaine.

AMÉLIE

Davantage.

HENRI

Et vous les fournissez de pantoufles ?

AMÉLIE

Non, pas tous. Mais... c'est un interrogatoire que vous me faites subir là.

HENRI

Vous croyez !

AMÉLIE

Seriez-vous jaloux ?

HENRI

Affreusement.

AMÉLIE

Ne vous calomniéz pas.

HENRI

Comment donc, je m'en vante.

AMÉLIE

Il n'y a pas de quoi.

HENRI

Permettez. Je suis jaloux, donc j'aime.

AMÉLIE

Qui dit amour dit confiance, monsieur.

HENRI

Madame, j'ai confiance ; mais je suis jaloux... (*Mouvement d'Amélie.*) Oh ! rassurez-vous... (*Il s'assied.*) Ma jalousie est discrète, et ne brisera jamais les vitres.

AMÉLIE

Oui, je la vois d'ici. Elle ressemble assez à votre amour.

HENRI

Mon amour?... Mon amour est ardent et profond. Depuis un an que vous le connaissez, il ne s'est jamais démenti : respectueux avant tout...

AMÉLIE

Oh ! très-respectueux.

HENRI

M'en feriez-vous un reproche?

AMÉLIE

Vous n'auriez pas l'impertinence de le penser.

HENRI

Ce serait contre mes principes. Mais vous jetez la pierre à mon amour, et franchement vous avez tort. De quoi l'accusez-vous? D'être sage? Voyons, si depuis un an je venais tous les jours vous menacer de mourir à vos pieds, ce serait parfaitement ridicule. Ou vous me prendriez au sérieux, ce qui est peu probable, et vous en feriez de mauvais rêves; ou vous vous moqueriez de moi, et cela m'affligerait beaucoup. Règle générale : se méfier des torrents. Leur impétuosité séduit, mais quelle déception ! Les torrents durent ce que durent les orages; la moindre sécheresse les tarit. Le fleuve, voilà l'idéal. La source en est intarissable, et l'éternité le voit couler... Mon cœur est un fleuve.

AMÉLIE, *se levant* *.

De rhétorique, je m'en aperçois.

HENRI, *debout.*

D'amour, madame, d'amour. Je vous apporte en dot un sentiment inaltérable, et je crois que c'est un oiseau rare.

---

* Amélie, Henri.

AMÉLIE

Vous dites cela, mais il faudrait le prouver.

HENRI

Une année d'épreuve est une preuve, j'espère.

AMÉLIE

Non, ne l'espérez pas ; car c'est précisément ce long temps qui m'épouvante. Votre vertu d'attente est si tranquille, qu'elle en devient négative ; et je ne fais aucun cas de votre patient héroïsme.

HENRI

Est-ce sérieusement que vous m'adressez ce reproche ?

AMÉLIE

Très-sérieusement.

HENRI

Eh bien, vrai, j'admire avec quelle facilité vous rejetez sur ma conscience les péchés qui chargent la vôtre. Quel est, je vous prie, celui de nous deux qui fait attendre l'autre ? Est-ce ma faute, à moi, si vous reculez toujours ?

AMÉLIE

Sans doute.

HENRI

Ah ! voilà qui est curieux.

AMÉLIE

Si vous m'aimiez autant que vous le dites, vous seriez impatient de m'épouser.

HENRI

Ne le suis-je donc pas ?

AMÉLIE

Non ; car si vous l'étiez, vous m'obséderiez, vous m'assiégeriez, jusqu'à ce que ma résistance fût vaincue.

HENRI

Mais que de fois, déjà, je vous ai priée, suppliée !

AMÉLIE

Ce n'est pas tout de parler, il faut être éloquent.

HENRI

J'ai dépensé plus d'éloquence que saint Jean-Chry-sostôme.

AMÉLIE

Alors, soyez moins éloquent et plus persuasif.

HENRI

Si vous ne m'écoutez pas.

AMÉLIE, *s'asseyant près de la table.*

Faites-vous écouter.

HENRI

Enfin, j'ai votre parole.

AMÉLIE

Je ne dis pas non. Si cela vous suffit...

HENRI

Cela me rassure, voilà tout... (*Il tourne autour d'Amélie.*) * Mais on ne peut pas toujours vivre d'espérance, et je désire ardemment vous voir mettre fin à ce trop long surnumérariat.

(Il lui prend la main.)

AMÉLIE

Il ne tient qu'à vous de devenir employé.

HENRI

Et pour cela que faut-il faire ?

AMÉLIE, *retirant sa main.*

Je m'ennuie. A vous de me distraire.

HENRI

Mais encore faudrait-il savoir...

* Henri, Amélie.

AMÉLIE

Cherchez. Le jour où je reconnaîtrai que vous êtes
nécessaire à mon existence, vous cesserez d'être mon
soupirant, vous deviendrez mon mari.

(Elle se lève et se rapproche du canapé.)

HENRI, *la suivant.*

Mais il faudra pourtant bien que je vous épouse ;
car, enfin, votre parole est donnée.

AMÉLIE

Vous en serez quitte pour me la rendre.

HENRI

Ah ! non, par exemple.

AMÉLIE

Si.

HENRI

Non.

AMÉLIE

Si, quand je serai vieille.

HENRI

Vous avez une de ces figures qui ne vieillissent pas.

AMÉLIE, *à part.*

Tiens, pas mal. (*Haut.*) Dites-moi, quand vous vous
ennuyez, que faites-vous ?

HENRI

Je ne m'ennuie jamais.

AMÉLIE

Vous avez un secret pour cela.

HENRI, *lui prenant la main.*

Un secret bien simple : je pense à vous.

AMÉLIE

Toujours ?

HENRI

Toujours.

AMÉLIE

Et cela suffit ?

HENRI

C'est souverain.... Essayez-en.

AMÉLIE, *retirant sa main.*

Ah ! vous croyez que de penser à vous, ça...?

HENRI

Cela ne vous arrive donc jamais?

AMÉLIE

Si, quelquefois.

HENRI

Eh bien?

AMÉLIE

Plaignez-moi, mon ami ; je m'ennuie tout de même.

(Elle s'assied près du guéridon.)

HENRI

Mais c'est moi qu'il faut plaindre..... (*S'asseyant de l'autre côté.*) Voyons, Amélie, je ne suis donc rien pour vous?

AMÉLIE

Si. Vous êtes... mon soupirant... et le meilleur de mes amis.

HENRI

C'est pourquoi vous semblez prendre à tâche de me torturer sans cesse.

AMÉLIE

Oh ! ne m'attendrissez pas. Vous me feriez pleurer... et je vous en voudrais.

HENRI

Eh bien, nous pleurerons ensemble, et cela vous amusera peut-être. Voyons, Amélie, vous savez bien que je vous aime. Si je me résous à attendre, c'est qu'avant tout je respecte votre volonté. J'obéis, mais je souffre. Et vous croyez que j'en prends mon parti, méchante ! quand votre image me suit partout.

AMÉLIE

Même à la Bourse ?

HENRI

A la Bourse comme ailleurs.

AMÉLIE

Et vous vous figurez que je vais pleurer pour cela ?

HENRI, *se levant à demi.*

Riez donc, mais laissez-vous convaincre.

AMÉLIE

Savez-vous que vous devenez impétueux. Et votre théorie des torrents, est-ce que vous la reniez ?

HENRI, *debout.*

Le fleuve déborde, voilà tout. (*Amélie se lève.*) Vous voulez être assiégée, je donne l'assaut, et je vous promets d'être opiniâtre..... (*Il s'agenouille sur le tabouret.*) Tenez, je me mets à genoux, et j'y resterai jusqu'à ce que vous ayez pris une décision. Ce n'est pas une vaine menace, je vous en avertis. Je ne me relève pas que vous n'ayez fixé le jour du mariage.

AMÉLIE

Le beau mérite ! vous prenez un tabouret. A terre, monsieur, à terre.

HENRI, *repoussant le tabouret.*

Sur le parquet, soit.

AMÉLIE

A la bonne heure. Eh bien, mon ami, vous vous conduisez vaillamment, et votre bravoure mérite une récompense... (*Mouvement de satisfaction de Henri.*) Mais comme je ne m'attendais pas à tant d'insistance de votre part, ma réponse n'est pas prête. Je vous demande ...une heure pour réfléchir. Une heure, c'est bien peu.

HENRI, *levant un genou.*

Et vous me répondrez ?

AMÉLIE

Aussi vrai que je vous le dis... Vous hésitez !... Plus tôt vous serez parti, plus tôt vous serez revenu.

HENRI, *se relevant.*

A deux heures précises, vous me verrez ici.

AMÉLIE

Tiens, vous voilà debout. Je n'ai pourtant pas fixé de jour.

HENRI

Oh ! c'est une indigne trahison.

AMÉLIE

Rassurez-vous, et revenez à deux heures.

(Elle remonte la scène pour regarder la pendule.)

HENRI, *passant à gauche du théâtre *.*

Mais que vais-je devenir pendant tout ce temps-là ?

AMÉLIE

Vous avez bien attendu un an. Allez à la Bourse.

HENRI

Je perdrais.

AMÉLIE

Qui sait ?

HENRI

Est-ce une menace ?

AMÉLIE

Mais allez donc.

HENRI, *remontant la scene.*

Ah ! vous m'entr'ouvrez le paradis. (*Prenant son chapeau sur la cheminée.*) Je ne vous fais pas grâce d'une minute ; songez-y. Dans une heure.....

C'est convenu.

* Amélie, Henri.

2

HENRI

C'est convenu.

(Il sort.)

SCÈNE II

AMÉLIE, *seule*.

Mais je ne l'aime pas du tout, ce bon Desrieux. (*Elle redescend la scène lentement, de manière à se trouver devant le canapé.*) Pourquoi donc lui ai-je promis de l'épouser? Au fait, le lui ai-je bien promis?... Mon Dieu, que je m'ennuie!... Que vais-je lui dire dans une heure?... Bah, nous verrons bien.

(*Elle va faire résonner le timbre.*)

SCÈNE III

JULIETTE, AMÉLIE

JULIETTE, *venant par la porte du fond qui est à droite de l'acteur.*

Madame a appelé?

AMÉLIE

Juliette, apportez-moi ma chatte.

JULIETTE

Je ne l'ai pas vue depuis ce matin, madame. Elle est sans doute allée courir dans le jardin.

AMÉLIE

L'ingrate m'abandonne. Apportez-moi Jacquot.

JULIETTE

Madame, je ne sais pas ce qu'il a. Depuis ce matin
l ne veut pas manger. Il a une mine si piteuse, qu'on
dirait qu'il va rendre l'âme.

AMÉLIE

Vous croyez donc, Juliette, que les perroquets ont
une âme?

JULIETTE

Je n'en sais rien, madame... Faut-il l'apporter tout
de même?

AMÉLIE

Non, je n'aime pas les bêtes malades.

JULIETTE

Madame reçoit-elle aujourd'hui?

AMÉLIE

Non. (*Elle s'assied sur le canapé.*) Je ne suis pas bien...
Faites-moi du thé.

JULIETTE

Madame ne désire pas autre chose?

AMÉLIE

Non, pas pour le moment du moins. Si j'ai besoin de
vous, je vous appellerai.

JULIETTE

Bien, madame.

(Elle sort.)

SCÈNE IV

AMÉLIE, *seule.*

Je ferais peut-être mieux de recevoir.... (*Appelant.*)
Juli... Bah! (*se levant.*) les visites sont pour la plupart
si ennuyeuses. Il faut se creuser la tête à soutenir des
conversations si banales. Décidément, je défends ma

porte. Mais que faire? Quèl est l'insolent qui a prétendu que les gens d'esprit ne s'ennuyaient jamais?... Ce devait être un fier imbécile.

(Elle fait résonner le timbre.)

SCÈNE V

JULIETTE, AMÉLIE

JULIETTE

Que désire madame?

AMÉLIE, *assise près du guéridon.*

Juliette, savez-vous ce que c'est que l'ennui?

JULIETTE

Mais, madame, n'est-ce pas quelque chose qui fait qu'on n'est pas content?

AMÉLIE

Vous arrive-t-il quelquefois de vous ennuyer?

JULIETTE

Oh! oui, madame. Ainsi, hier, quand j'ai cassé cette jolie petite tasse à laquelle madame tenait tant, j'étais bien ennuyée, allez.

AMÉLIE

Voyons, vous ne vous êtes jamais surprise à ne savoir que faire de vos bras et de votre pensée? à désirer quelque chose, sans savoir quoi? à être triste sans motif? enfin à souhaiter l'anéantissement de toutes vos facultés?

JULIETTE

Non, madame.

AMÉLIE, *se levant lentement et passant à droite du théâtre*.*

Ne trouvez-vous pas quelquefois que le calme de la

---

* Amélie, Juliette.

mort a quelque chose qui attire?

JULIETTE, *s'approchant vivement.*

Bonté divine! Madame voudrait-elle se suicider?

AMÉLIE

Non, je n'en aurais pas le courage... Ah! vous êtes bien heureuse de n'avoir rien à désirer! (*Elle s'assied près de la table.*) Car enfin vous ne désirez rien.

JULIETTE, *minaudant.*

Oh! si, madame.

AMÉLIE

Vous désirez quelque chose?

JULIETTE

Oui, madame.

AMÉLIE

Et quoi donc?

JULIETTE

Mon Dieu, madame, je suis heureuse, certainement; mais je serais bien plus heureuse si madame me donnait cette robe lilas, qui est trop large, et que madame ne met jamais.

AMÉLIE

Prenez-la, puisqu'il faut si peu de chose pour faire votre bonheur. (*Elle se lève et traverse la scène.*) La leçon que vous me donnez vaut bien une robe *.

JULIETTE

Madame est bien bonne; mais je ne comprends pas de quelle leçon elle veut parler.

AMÉLIE

Juliette, savez-vous que vous êtes une fille d'esprit!

JULIETTE

Madame veut se moquer de moi, sans doute. Mais

* Juliette, Amélie.

elle est assez généreuse pour se le permettre, et c'est
encore moi qui gagne au marché.

AMÉLIE

Juliette, je ne plaisante pas. Vous êtes une fille d'esprit. C'est un grand philosophe qui l'a dit.

JULIETTE

Un philosophe!... Alors, madame, il faut que ce
soit vrai.

AMÉLIE

Mon thé est-il prêt?

JULIETTE

Oh! madame, l'eau ne bout pas encore.

AMÉLIE

Quand il sera prêt, vous me l'apporterez.

JULIETTE

Oui, madame. (*A part.*) Je vais d'abord essayer la
robe lilas.

(Elle sort.)

SCÈNE VI

AMÉLIE, *seule.*

Comment vais-je employer mon temps?... Si j'écri-
vais mes impressions! une étude philosophique sur
l'ennui! Tiens, voilà une distraction sur laquelle
mon ennemi n'avait pas compté. Je présente ensuite le mémoire à l'Académie, qui le couronne, et je
deviens l'émule de George Sand. C'est cela, vite, à
l'œuvre. (*Elle va s'installer à la table.*) Mais d'abord,
cherchons un titre un peu triomphant. Un titre heureux, c'est déjà la moitié du succès... (*Elle écrit.*) Influence de l'ennui sur les destinées des nations.

SCÈNE VII

AMÉLIE, GEORGES, *en petite tenue de lieutenant. Il entre brusquement et referme la porte.*

AMÉLIE, *se levant.*

Qu'est-ce donc?

GÉORGES. *Il se découvre.*

Chut! (*Amélie s'approche du guéridon, il court à elle. A demi-voix.*) Je vous en prie, madame, n'appelez pas, ne criez pas, ou vous attirez sur moi les peines les plus sévères. Mon capitaine m'a vu entrer ici; il monte, il va venir peut-être. Il faut qu'il me croie chez moi, ou je suis perdu.

AMÉLIE.

Mais monsieur...

GEORGES

Oh! tenez, madame, je l'entends qui vient. Si vous me trahissez, mon avenir militaire est brisé. (*On frappe. Georges posant son képi sur le guéridon*). Entrez.

SCÈNE VIII

AMÉLIE, GEORGES, CHAVIGNY

CHAVIGNY, *à part.*

Je pensais bien que c'était ici.

(Il se découvre.)

GÉORGES, *présentant une chaise.*

Mon capitaine, quel bon vent vous amène? Asseyez-vous donc, je vous en prie.

CHAVIGNY, *descendant la scène.*

C'est inutile, monsieur... Madame, je vous prie de m'excuser si je pénètre chez vous d'une manière aussi peu... française ; mais la discipline militaire est inflexible, et mon caractère m'oblige à la maintenir telle.

AMÉLIE, *saluant, à part.*

Allons, me voilà embarquée dans un singulier rôle.

GEORGES

Mon capitaine, je vous avoue que nous ne nous attendions pas à votre visite, et...

CHAVIGNY

Je m'étonne que vous osiez élever la voix, monsieur. Comment ! je vous inflige les arrêts, et voilà comme vous les observez !

GEORGES, *présentant la chaise.*

Vous ne vous asseyez pas, mon capitaine ?

CHAVIGNY

C'est avoir par trop d'audace ! Auriez-vous l'intention de vous moquer de moi ?

GEORGES, *replaçant la chaise.*

Ah ! mon capitaine, croyez que j'en suis incapable. Seulement je ne saisis pas le rapport qu'il y a entre mes arrêts.....

CHAVIGNY

Ah çà, perdez-vous l'esprit ? Avez-vous, oui ou non, violé vos arrêts ? Etes-vous, oui ou non, chez vous ? Ne demeurez-vous pas, oui ou non, rue Richelieu, numéro 13 ?... En vérité, monsieur, avec votre air innocent, vous me feriez perdre la tête.

GEORGES

C'est qu'en réalité je ne suis pas coupable, mon capitaine. J'ai changé de logement, ce matin même, juste au moment où j'ai reçu votre lettre d'arrêts, et je ne

suis sorti que pour aller au manége. Je me demande
comment l'adjudant n'a pas inscrit ma nouvelle adresse.
Je l'ai pourtant fait avertir.

CHAVIGNY

Il est averti?

GEORGES

Oui, mon capitaine.

CHAVIGNY

Ah! c'est bien différent. Que ne parliez-vous
plus tôt? Vous m'auriez évité, à moi, bien des paroles
regrettables, et à madame le spectacle d'une discus-
sion fort peu divertissante *. Mais...

GEORGES, *avec empressement.*

Ma sœur, mon capitaine. Elle est venue me voir
avec ma mère. Elles sont arrivées hier au soir.

AMÉLIE, *à part.*

Me voilà enrôlée maintenant. Ils vont bientôt me
faire passer cantinière.

CHAVIGNY .

Oh! madame, si j'avais pu prévoir... Vraiment, madame, je regrette qu'un malentendu... Mais aussi,
c'est votre faute, monsieur de Bussy. Je vous ren-
contre dans la rue; vous me voyez, et aussitôt vous
vous élancez dans cette maison, comme un lièvre qui
aperçoit le chasseur.

GEORGES

Pardonnez-moi, mon capitaine, je ne vous avais
pas vu.

CHAVIGNY

Eh! je vous crevais les yeux.

GEORGES

J'ai la vue très-basse.

* Amélie, Chavigny, Georges.

CHAVIGNY

En effet.

AMÉLIE, *à part.*

Il faut bien lui venir en aide. (*Haut.*) Rassurez-vous, monsieur, personne ne songe à vous en vouloir, et voilà un malentendu dont je me félicite, puisqu'il me procure l'avantage de faire votre connaissance.

CHAVIGNY

Et j'espère, madame, que nous n'en resterons pas là. Mme Chavigny, ma femme, sera personnellement enchantée de vous voir.

GEORGES

Ma sœur est ici pour si peu de temps...

AMÉLIE

Oui, nous repartons ce soir.

CHAVIGNY

Alors ce sera pour une autre fois. Mais, je vous en prie, madame, avant de partir, faites donc quelques remontrances à ce jeune fou, qui m'oblige, malgré moi, à le mettre aux arrêts.

GEORGES.

Mon capitaine, il ne tient qu'à vous de les lever.

AMÉLIE, *avec empressement.*

Ah ! oui.

CHAVIGNY

Oh ! la discipline s'y oppose, monsieur. Je le regrette sincèrement, mais c'est de toute impossibilité.

GEORGES

C'est ce que je disais à ma sœur ce matin. La faute que j'ai commise est trop grave... (*A part.*) Me mettre aux arrêts pour être allé à la manœuvre en bottes vernies !

AMÉLIE, *à part.*

Jouons notre rôle jusqu'au bout. (*Haut.*) Ainsi, monsieur, rien ne peut vous fléchir ?

CHAVIGNY

Demandez-moi tout, madame, excepté cela.

AMÉLIE

Permettez-moi de vous dire que vous êtes peu aimable.

GEORGES, *à part.*

Attrape.

CHAVIGNY

La discipline s'y oppose, madame.

AMÉLIE

A ce que vous soyez aimable? Alors, monsieur, je vous plains.

CHAVIGNY

C'est en nous maintenant dans ces principes, madame, que nous sommes devenus les premiers soldats du monde... Mais je ne pourrais continuer plus longtemps sans risquer de vous déplaire, et j'aime mieux me retirer. Recevez, madame, l'assurance de mon entier dévouement. (*Il salue. Amélie répond.*) Allons, monsieur, tâchez de ne pas trouver vos arrêts trop longs.

GEORGES

C'est difficile, mon capitaine.

CHAVIGNY

Que voulez-vous, c'est votre faute. (*Il se rapproche de la sortie, Georges passe entre Amélie et lui**). Madame, recevez de nouveau l'assurance de mon respect... (*A Georges.*) C'est votre faute.

(*Il sort, Georges le reconduit et rentre aussitôt.*)

* Amélie, Georges, Chavigny.

SCÈNE IX

AMÉLIE, GEORGES

AMÉLIE

J'espère, monsieur, qu'on ne peut pousser la complaisance plus loin.

GEORGES

Oh! madame, comptez sur mon éternelle reconnaissance.

AMÉLIE

Elle vous sera d'autant plus facile que je ne la mettrai pas à l'épreuve... *. D'ailleurs je ne regrette pas le service que je vous ai rendu, car je me suis fort divertie à voir l'assurance avec laquelle vous avez donné le change à votre capitaine... (*Ils rient.*) Et maintenant, monsieur, que vous êtes hors de danger, je pense que je puis reprendre possession de mon appartement.

GEORGES

Comment donc, madame, je n'ai jamais eu l'intention de vous déposséder.

AMÉLIE

Alors votre présence devient...

GEORGES

Je serais au désespoir de vous déranger, madame. (*Il prend son képi et salue.*) Madame!

AMÉLIE, *saluant.*

Monsieur. (*Elle se retourne vers la salle et fait un*

Georges, Amélie.

soupir de satisfaction. Georges va poser son képi sur la cheminée et redescend la scène; Amélie l'aperçoit.) Comment, vous n'êtes pas parti?

GEORGES

Oh! ne faites pas attention à moi. Je me réduis complétement à zéro. Continuez de vous livrer à vos occupations habituelles, lisez, écrivez, brodez ; je me tiendrai dans le coin que vous voudrez, muet comme un tableau, sourd comme une bûche, et aveugle comme Bélisaire.

AMÉLIE

Il est fort inutile de vous imposer cette pénitence, puisque la porte vous est ouverte.

GEORGES

Mais, madame, y songez-vous? Il m'est défendu de mettre les pieds dehors, puisque je suis aux arrêts.

AMÉLIE

Raison de plus pour aller chez vous.

GEORGES

Raison de plus pour rester ici, au contraire, puisque c'est ici que je loge depuis ce matin.

AMÉLIE

Monsieur, la plaisanterie a des bornes qu'on ne peut dépasser sans sortir des convenances. Je vous crois assez d'esprit pour comprendre qu'elle a suffisamment duré, et qu'il est temps de parler sérieusement.

GEORGES

Je vous donne ma parole d'honneur, madame, que je n'ai jamais parlé plus sérieusement. Après la scène qui vient de se passer, si mon capitaine apprenait que je ne loge pas ici, je serais sûr d'avoir au moins deux mois de détention dans un fort, sans compter les conséquences déplorables que cela pourrait avoir sur mon avancement. Vous voyez bien, madame, qu'il m'est impossible de sortir.

AMÉLIE

Votre capitaine n'en saura rien. Il doit être loin, maintenant.

(Elle remonte la scène.)

GEORGES

Lui !... Ah ! madame, vous ne le connaissez pas. Il est capable de s'être embusqué dans une maison voisine pour me pincer au passage. Et vous seriez assez cruelle pour vouloir que j'aille me jeter dans ses griffes !

AMÉLIE

Alors votre Seigneurie va tranquillement s'installer chez moi, pour y rester aussi longtemps qu'il lui plaira, sans que j'aie le droit de lui faire la moindre observation.

GEORGES, *remontant la scène.*

Oh ! madame, le temps de faire ses arrêts, et ma Seigneurie se retire. Vous voyez qu'on ne peut en user avec plus de discrétion.

AMÉLIE

Certes, votre discrétion est au-dessus de tout éloge. Et combien de temps cela durera-t-il, s'il vous plaît ?

GEORGES

Quatre jours, madame. Ce sera bientôt passé.

AMÉLIE, *redescendant la scène vivement* *.

Et pendant quatre grands jours !... Mais où passerez-vous la nuit ?

GEORGES, *redescendant lentement.*

Où vous voudrez, madame... Oh ! je ne suis pas difficile. Vous avez bien une chambre d'ami.

AMÉLIE

C'est très-agréable. Pour peu que cela continue, ma

* Amélie, Georges.

maison va devenir une caserne. Ne vous gênez pas ; si vous voulez inviter vos amis, on leur dressera des lits à côté du vôtre. En vérité, l'aventure est très-singulière ; et si elle était arrivée à une autre qu'à moi, j'en rirais comme une folle. Mais je dois avouer que vous m'embarrassez fort.

GEORGES

Vous m'avez tendu la main, quand je me noyais, madame, vous ne me laisserez pas retomber à l'eau.

AMÉLIE

Mais comment dissimuler votre présence ?

GEORGES

A quoi bon la dissimuler ? Votre mari est sans doute absent pour le moment ?

AMÉLIE, *à part.*

Mon mari ! (*Haut.*) Mon mari ?

GEORGES, *baissant la voix.*

Oui, votre mari.

AMÉLIE, *de même.*

Oui ; oui, il est absent... il est à la Bourse... Et quand il rentrera.

GEORGES, *de sa voix naturelle.*

Eh bien, madame, la chose est très-simple.

AMÉLIE

Oh ! cela se voit tous les jours.

(Elle s'assied près de la table.)

GEORGES

Sans doute ; des militaires logés chez l'habitant, cela n'est pas rare.

AMÉLIE

Nous n'en avons jamais logé.

GEORGES

Votre mari, madame, comprendra bien que tout ceci

est l'œuvre du hasard : on me met aux arrêts ; comme c'est fort peu réjouissant de rester enfermé chez soi, je fais, avant de rentrer, un tour de promenade. Mais voilà que, dans la rue, je vois tout à coup se dessiner, à trente pas devant moi, la silhouette de mon capitaine, qui n'a rien de plus pressé que d'accourir. J'avise la première maison venue, je monte au premier, et j'ouvre la première porte qui se présente. Quoi de plus naturel? Votre mari, madame, se mettra à ma place, et sera forcé d'avouer qu'il en eût fait autant.

AMÉLIE

Je ne doute pas qu'il ne soit enchanté..... (*Se levant.*) Enfin, puisqu'il n'y a pas moyen de se débarrasser de votre personne, il faut bien la subir. Je vais commander qu'on vous prépare une chambre.

(Elle se dirige vers la porte du fond, qui est à droite de l'acteur ; Georges la suit.)

GEORGES

En vérité, madame, je suis désolé de la peine que je vous donne.

(Amélie sort.)

SCÈNE X

GEORGES , *seul*.

Elle est charmante ! (*Il redescend la scène.*) Elle est charmante !... C'est égal, je me suis lancé à tout hasard dans un sentier rudement épineux. Mon capitaine ne plaisante pas sur le règlement, et s'il s'informe, je suis perdu..... (*Se rapprochant du canapé.*) Dieu veuille qu'il ne s'informe pas..... Après tout, il est trop tard pour reculer.

SCÈNE XI

AMÉLIE, GEORGES

AMÉLIE

Votre chambre s'apprête, monsieur.

GEORGES, *remontant la scène jusque derrière le guéridon.*

Je ne sais comment vous remercier, madame.

AMÉLIE, *descendant la scène et passant devant le guéridon pour se rapprocher du canapé.*

Voilà des journaux illustrés sur cette table; si vous voulez vous amuser à regarder les gravures en attendant *.

GEORGES

Comment, madame ! Est-ce que vous exigerez que je me retire dans ma chambre dès qu'elle sera prête ?

AMÉLIE

Mais, monsieur, vous n'espérez pas sans doute prendre racine dans mon salon.

GEORGES

Cependant, madame, songez que c'est ici que mon capitaine m'a vu. Si je n'ai pas le droit d'y entrer librement, cela fera naître des soupçons sur la légitimité de mon domicile.

AMÉLIE, *s'asseyant sur le canapé.*

Vous pensez donc que votre capitaine va revenir?

GEORGES

Il en est capable, madame... Qu'est-ce que cela peut vous faire ? Je regarderai les gravures, je lirai, je ne

* Georges, Amélie.

vous parlerai que si vous m'y autorisez; je ne vous regarderai que si vous me parlez.

AMÉLIE, *à part.*

Ma foi, cela m'amuse. (*Haut.*) Allons, puisque vous prétendez que vous devez faire comme chez vous, ne vous gênez pas. Vous souffrez que je continue ma broderie?

GEORGES, *passant derrière le canapé.*

Comment donc, madame.. Je voudrais pouvoir vous aider.

AMÉLIE

Est-ce que les militaires savent broder?

GEORGES

On dit qu'il y en a; mais je ne suis pas du nombre.

AMÉLIE, *se détournant.*

Eh bien, ce n'est pas moi qui vous apprendrai.

GEORGES, *cherchant la figure d'Amélie.*

Vous y perdez, madame, un élève bien docile. (*Elle se détourne de nouveau. A part.*) Allons, regardons les journaux, puisqu'elle ne veut plus causer. (*Il va s'asseoir à la table.*) Elle est charmante! (*Il la regarde.*) Elle brode tranquillement, comme s'il n'y avait personne là, tandis que mon cœur bondit rien qu'à la regarder.

(Amélie lève la tête, leurs regards se croisent.)

AMÉLIE

Je ne vous parle pas.

GEORGES

Ni moi non plus, madame.

AMÉLIE

Non, mais pourquoi me regardez-vous?

GEORGES

Ah! c'est juste. (*Il se détourne. A part.*) Au fait, en

ne la regardant pas, elle me regardera... (*Il baisse les yeux vers la table.*) Tiens, qu'est-ce que c'est que ce papier? Il y a quelque chose d'écrit : « Influence de l'ennui sur les destinées des nations... » Est-ce que le mari serait un philosophe? Voilà un titre qui est gros de promesses... Mais c'est une écriture de femme, ça. Diable! Oui, c'est cela, quand je suis entré, elle était à cette table et écrivait. Parbleu !... l'écriture est encore fraîche... Ah! madame a des prétentions littéraires? C'est un Bas-bleu, j'aurais dû m'en douter : ce front poétique, cette démarche... Au diable, sa démarche est charmante; qu'est-ce que je vais m'imaginer? Cependant, il faut se rendre à l'évidence; c'est bien elle qui a écrit ceci. Seulement elle s'est arrêtée sur le titre, et n'a pas même entamé la préface. Aussi, pourquoi choisir un sujet aussi vaste? Je vous demande un peu, les destinées des nations. Il faut une érudition étonnante pour remplir un pareil cadre. Encore si c'était sur les destinées d'un lieutenant, je pourrais apporter ma pierre. Bah! elle s'est trompée de mot. Voici ce qu'elle a voulu écrire (*Il écrit*) : « Influence de l'ennui sur les destinées du mariage. » Un joli sujet à traiter!... En effet, parmi les causes qui... Tiens, si je commençais l'ouvrage... Puisque je suis chez moi.

(Il écrit.)

AMÉLIE. *Elle lève la tête doucement et regarde ce que fait Georges. A part.*

Le voilà qui fait sa correspondance!... Il n'a pas plus l'air de s'occuper de moi, que si je n'existais pas. Quel ennuyeux personnage!... Enfin voyez s'il dira un mot... Il est vrai que je lui ai défendu de parler... Mais s'il disait quelque chose de sensé, on lui pardonnerait sa désobéissance... Ce n'est pas l'aplomb qui lui manque. Il a, Dieu merci, fait ses preuves. C'est qu'il ne trouve rien à dire... Mais, en vérité, je suis bien bonne de m'en préoccuper.

(Elle regarde Georges et se détourne brusquement;
elle continue de broder.)

GEORGES, *à part.*

Elle m'a regardé. Je l'ai senti. (*Il lit ce qu'il a ecrit.*) « De tous les ennemis qui peuvent se glisser dans la forteresse du mariage, le plus subtil, le plus venimeux, le plus éloquent, en un mot, celui que les maris doivent redouter le plus, est, à notre sens, ce dégoût de l'esprit qui s'appelle ennui. Oui, messieurs les maris...» (*Cessant de lire.*) Mais j'y songe, une femme qui veut étudier l'influence de l'ennui doit elle-même s'ennuyer horriblement. Voilà décidément un mari qui a tort de s'absenter. Si j'abusais de la situation.

(Il se lève brusquement.)

AMÉLIE

Vous cherchez des enveloppes, monsieur? Il doit y en avoir sur la table.

GEORGES, *se rapprochant d'elle.*

Ce n'est pas cela, madame.

AMÉLIE

De la cire? une bougie? des pains à cacheter? un canif? Parlez, monsieur, tout ce qui est ici vous appartient.

GEORGES

Oh! tout!

AMÉLIE

Sans doute, puisque vous avez conquis la maison.

GEORGES, *passant derrière le canapé.*

Même les personnes qui l'habitent?

SCÈNE XII

JULIETTE, avec le thé; GEORGES, AMÉLIE

JULIETTE, *à part.*

Tiens, un officier! je croyais que madame ne recevait personne aujourd'hui.

AMÉLIE, *montrant le guéridon.*

Posez-le là. (*Elle se lève.*) Monsieur, accepterez-vous une tasse de thé?

GEORGES

Je vous remercie, madame, je craindrais que cela ne me fît mal.

AMÉLIE

Vous m'étonnez. Seriez-vous faible de la poitrine?

GEORGES

Le thé m'empêche de dormir.

AMÉLIE

Juliette, remportez ce plateau.

GEORGES, *arrêtant le mouvement de Juliette.*

Mais, madame, ce n'est pas une raison pour vous en priver.

AMÉLIE

Si vous êtes assez peu aimable pour refuser mon invitation, j'ai trop de dignité pour donner à un étranger le spectacle de mon appétit.

JULIETTE, *à part.*

Ma foi, je n'y comprends rien du tout.

GEORGES

J'en prendrai donc, madame, puisque c'est ainsi.

AMÉLIE

Juliette, apportez une autre tasse.

JULIETTE

Oui, madame.

(Elle sort.)

AMÉLIE, *remplissant la tasse.*

Allons, monsieur, asseyez-vous, et sucrez votre thé.

(Elle s'assied d'un côté du guéridon, il s'assied de l'autre.)

GEORGES. *Il boit et repose la tasse.*

Madame, vous n'êtes donc pas trop fâchée contre moi ?

AMÉLIE

Qui est-ce qui vous parle de cela? (*A Juliette qui rentre.*) Eh bien, et cette tasse?

JULIETTE

Voilà, madame.

(Elle se retire lentement.)

AMÉLIE, *versant.*

C'est du thé qu'on m'envoie de Chine ; il est excellent.

JULIETTE, *à part.*

Je ne connaissais pas ce parent-là à madame.

(Elle sort.)

SCÈNE XIII

GEORGES, AMÉLIE

GEORGES

Madame, me permettez-vous de vous parler à cœur ouvert?

AMÉLIE

Faites, monsieur.

GEORGES

J'ai remarqué sur votre front deux plis qui sont bien éloquents.

AMÉLIÉ

C'est cela, dites-moi que j'ai des rides, et trouvez-moi des cheveux blancs.

GEORGES

Ce ne sont pas des rides, mais des soucis. Tenez, je parie que vous êtes rongée par un ennui qui vous fait regarder l'existence comme une charge pesante.

AMÉLIE

Ah çà, monsieur, avez-vous qualité pour confesser les femmes?

GEORGES

J'aimerais mieux me mettre de moitié dans vos péchés, madame.

AMÉLIE, se levant.

Vous êtes insupportable.

(Elle va s'asseoir sur le canapé.)

GEORGES, se levant.

Je suis simplement physionomiste.

AMÉLIE

Je n'aime pas les physionomistes.

(Elle se met à broder.)

GEORGES. Il va lentement se placer derrière elle.

Ce doit être fort amusant de faire passer comme cela de la laine dans des petits trous.

AMÉLIE.

Très-amusant.

GEORGES, se penchant vers elle.

Ce sujet aurait-il le tort de vous déplaire, madame?

De grâce, ayez pitié de mon embarras ; je cherche une conversation qui ne vous mette pas en fuite ; laissez-moi le temps de trouver.

AMÉLIE, *s'écartant un peu de lui et montrant une chaise.*
Vous serez mieux assis.

GEORGES, *il s'assied près d'elle sur la chaise indiquée.*
Je vous disais donc, madame, que vous êtes jeune, charmante, remplie d'esprit, et que malgré toutes ces qualités, qui devraient mettre autour de vous une auréole de bonheur, je cherche en vain sur votre front la couronne de fleurs qu'il devrait porter. Oui, je n'y vois qu'un nuage de tristesse; et que vous sert d'être jeune, si vous êtes triste? que vous sert d'être belle, si personne ne vous le dit? A quoi vous sert votre esprit, si personne ne vous écoute?

AMÉLIE
Mais, monsieur, qui vous autorise à croire ?...

GEORGES
Madame, auriez-vous l'obligeance de me confier votre main ?

AMÉLIE
Pourquoi faire ?

GEORGES
Soyez sans inquiétude, je vous la rendrai.
(Il lui prend la main.)

AMÉLIE
Que de préambules !

GEORGES, *tâtant le pouls.*
Madame, votre pouls bat cinquante pulsations à la minute.
(Il approche ses lèvres de la main d'Amélie, qui se lève vivement.)

AMÉLIE, *passant à droite du théâtre.*
Monsieur !

GEORGES *, *tournant sur sa chaise sans se lever. Vivement.*
Mauvais symptôme, madame. Vous vous ennuyez horriblement.

AMÉLIE
Encore !

GEORGES, *se levant.*
Et je ne vous cache pas que, si cet état persiste, vous n'avez pas six mois à vivre.

AMÉLIE
Vous êtes donc le médecin Tant-Pis ?

GEORGES
Il faut changer cela, madame, atteindre quatre-vingts, quatre-vingt-dix, et même cent pulsations. La fièvre seule peut vous guérir. Savez-vous nagér ? Non. Apprenez. Faites des armes, de la gymnastique ; montez à cheval.

AMÉLIE
Non, non, non, rien de tout cela ne me sourit.

GEORGES
Vous voulez donc mourir ?

AMÉLIE, *traversant la scène.*
Puisqu'il le faut.

GEORGES **
Mais je ne le souffrirai pas... Allons, madame, un peu d'énergie. L'ennui n'est redoutable qu'autant qu'on le redoute. Osez le combattre, il est vaincu. Voulez-vous un exemple ? cherchons.... Et tenez, nous n'avons pas besoin de remonter si loin.... Eve....

AMÉLIE
Ah ! passons au déluge.

GEORGES
Eve donc s'ennuyait à périr.

* Amélie, Georges.
** Georges, Amélie.

AMÉLIE

Mais la Bible n'en parle point.

GEORGES

C'est un oubli. Quelle femme, à la place d'Eve, ne se fût ennuyée mortellement?.... Aussi que fit-elle? Elle écouta le serpent. Exemple mémorable...

AMÉLIE

Dont l'application me paraît difficile, aujourd'hui que les serpents sont muets.

GEORGES

Moralité.

AMÉLIE

Voyons la... moralité.

GEORGES, *près d'elle.*

A la maladie qui vous tue, il n'y a qu'un remède, remède charmant, inventé depuis la création : l'amour.

AMÉLIE, *passant à droite du théâtre.*

Monsieur !

GEORGES *

Essayez-en.

AMÉLIE

Vous oubliez, monsieur, que dans ma position.....

GEORGES, *d'un ton insinuant.*

Qu'importe !

AMÉLIE

Je vous arrête là, monsieur, car vous allez trop loin.

(Elle remonte vers la porte du fond ; Georges la suit.)

GEORGES

Mais, madame.

* Amélie, Georges.

AMÉLIE

Laissez-moi, laissez-moi, je vous prie.

(Elle sort.)

SCÈNE XIV

GEORGES, *puis* JULIETTE

GEORGES, *redescendant vers la table.*

En voilà de l'éloquence perdue! (*Juliette entre par la porte latérale.*) Ah! la soubrette. Elle est gentillette, ma foi!

JULIETTE, *prenant le plateau qui est resté sur le guéridon, à part.*

Ah çà, qu'est-ce qu'il fait donc ici, ce militaire?

(Elle sort par la porte du fond; en ce moment, Henri entre par la porte symétrique.)

SCÈNE XV

GEORGES, HENRI

GEORGES

Tiens, Desrieux !

HENRI, *lui serrant la main.*

Comment, vous ici?

GEORGES

Vous y êtes bien, vous !

HENRI

Moi, c'est différent, j'ai le droit d'y être.

GEORGES

Oh !... Seriez-vous le mari ?

HENRI

Eh ! eh !

GEORGES

Ah ! cachottier, je vous croyais garçon, moi,

HENRI

Garçon aujourd'hui, mari demain.

GEORGES

C'est trop profond pour moi, ça ! Comprends pas.

HENRI.

Cela signifie qu'il y a chez moi, du garçon au mari, la distance qui sépare cette maison de la mairie du septième arrondissement.

GEORGES

Oh ! quel alambic vous faites ! Allons, vous êtes l'amant, n'est-ce pas ?

HENRI, *avec dignité.*

Bussy !... Dites le soupirant, et vous serez dans le vrai.

GEORGES

Soupirant d'une femme mariée ! laissez-moi donc tranquille.

HENRI

Ah çà, mon cher, d'où venez-vous donc ?

GEORGES

Du manége.

HENRI

Mais vous connaissez Mme Verneuil ?

GEORGES

Non, et vous ?

HENRI

Farceur, nous sommes chez elle.

GEORGES

J'ignorais son nom.

HENRI

Vous êtes un rébus vivant, ma parole. Comment! vous venez chez les gens sans même savoir leur nom?

GEORGES

C'est comme ça que je suis, moi. Je ne fais rien comme tout le monde. Je vous expliquerai cela plus tard; c'est très-drôle... Mais savez-vous qu'elle est charmante cette Mme Verneuil!

HENRI

Adorable.

GEORGES

Quelle finesse dans les traits! Quels yeux! Quelle bouche! Oh! la bouche, surtout!

HENRI, *inquiet.*

Vous l'avez donc bien détaillée?

GEORGES

Depuis une heure je ne fais que cela.

HENRI

En seriez-vous amoureux?

GEORGES

Amoureux fou.

HENRI

Et vous le lui avez dit!...

GEORGES

Je le crois pardieu bien, plutôt vingt fois qu'une.

HENRI

Et qu'a-t-elle répondu?

GEORGES

Vous êtes trop curieux, mon cher... N'importe, M. Verneuil est un heureux mortel.

HENRI

Tellement mortel, qu'il est mort.

GEORGES

Ah bah ! le pauvre homme ! Il était à la Bourse tout à l'heure. Je devine... Une mort subite, n'est-ce pas ?... et vous venez annoncer la fatale nouvelle. Soyez prudent surtout...

HENRI

Mon cher, vous ne venez pas du manége ; c'est de la lune que vous venez. Mme. Verneuil est veuve depuis deux ans.

GEORGES

Veuve ! Elle ! Oh ! la dissimulée ! Mais, mon ami, c'est un baume que vous me versez sur le cœur. Veuve ! Où est-elle ? Où est-elle ? je veux lui parler. Vous qui connaissez la topographie de la maison, guidez-moi. Veuve ! Ah ! mon cher ami, si vous n'étiez pas un homme, je vous embrasserais pour les bonnes paroles que vous venez de me dire... Eh bien, vous restez là tranquillement à me regarder, tandis que je bous d'impatience !... Ah ! je comprends !... Etourdi que je suis, j'oubliais que vous-même.... ma foi, j'en suis fâché, mais je suis votre rival.

HENRI

Peu redoutable, heureusement : mes droits sont antérieurs aux vôtres.

GEORGES

De combien, s'il vous plaît ?

HENRI

D'un an.

GEORGES

Un an ! Vous êtes périmé... Votre ancienneté fait ma force, et je n'échangerais pas ma petite heure contre toute votre année... Vous restez là, bonsoir.

(Il remonte la scène.)

HENRI, le suivant.

Où courez-vous?

GEORGES

A la recherche de Mme Verneuil.

HENRI, posant son chapeau sur la cheminée.

Attendez donc; elle ne peut tarder à venir ici, Juliette a dû l'avertir de mon arrivée.

GEORGES

C'est peut-être pour cela qu'elle ne vient pas... Attendez si vous voulez, c'est votre habitude. Moi, je n'attends jamais.

(Il sort.)

HENRI, l'appelant.

Bussy... Bussy...

SCÈNE XVI

HENRI, seul. Il redescent la scène.

Il va se faire congédier, le malheureux!... Mais à quel titre a-t-il pu se présenter ici?... Bah! Amélie me le dira. (*Il regarde sur la table et voit l'écrit de Georges.*) Tiens, qu'est-ce que c'est que ce griffonnage. (*Il le prend et le lit en traversant la scène.*) «Influence de l'ennui... » Oh! oh! quel pathos!...

SCÈNE XVII

AMÉLIE, *entrant par la porte latérale*; HENRI, *qui garde le papier à la main.*

HENRI, *allant au-devant d'elle.*

Eh bien, l'avez-vous rencontré, ce jeune fou?

AMÉLIE

Quel fou?

HENRI

L'officier.

AMÉLIE

M. de Bussy? Non. Est-ce qu'il me cherche?

HENRI

Tête baissée.

AMÉLIE

Que me veut-il donc?

HENRI

Il veut vous enlever, je crois.

AMÉLIE

Il vous l'a dit?

HENRI

A peu près.

AMÉLIE, *riant.*

C'est un singulier jeune homme.

HENRI

Et un bien mauvais sujet.

AMÉLIE

Vous le connaissez?

HENRI

J'ai fait sa connaissance au Club.

AMÉLIE

Ah !... quel homme est-ce ?

HENRI

Mais... vous devez le savoir mieux que moi, puisque vous le recevez chez vous.

AMÉLIE

Justement, voilà ce qui vous trompe. Je ne l'ai pas reçu le moins du monde. Il s'est bel et bien imposé.

HENRI

Imposé !... De quel droit ?

AMÉLIE

Ah voilà ! Du droit que lui constituaient les circonstances. Jugez plutôt : ce jeune homme est aux arrêts...

HENRI

On ne s'en douterait pas.

AMÉLIE

Laissez-moi donc vous expliquer. Il a violé ses arrêts.

HENRI

Ah ! à la bonne heure.

AMÉLIE

Et maintenant il est en train de les faire.

HENRI

Comment ! ici ?

AMÉLIE

Ici même.

HENRI

Voyons, voyons, je me creuse la tête...

AMÉLIE

Eh ! ne creusez rien. Si vous ne m'interrompiez pas à chaque instant, vous sauriez déjà qu'il a rencontré son capitaine dans la rue, qu'il a franchi le seuil de cette maison, qu'il a pénétré chez moi comme une

bombe, que son capitaine est entré de même, que
M. de Bussy a soutenu mordicus qu'il était chez lui,
et que le capitaine est parti convaincu... Voilà tout.

HENRI

C'est bien assez. Comme cela, vous l'avez laissé
dire ?

AMÉLIE

Il serait allé en prison.

HENRI

Je ne vous savais pas si compatissante.

AMÉLIE *

Je remonterai donc dans votre estime.

HENRI

Mais vous n'allez pas le garder longtemps, je sup-
pose.

AMÉLIE

Non. Seulement quatre jours.

HENRI

Quatre...

AMÉLIE

Jours.

HENRI

C'est une plaisanterie, n'est-ce pas ?

AMÉLIE

Je vous certifie que non.

HENRI

Vous allez rester quatre jours avec un jeune hom
me ! Ah çà, vous n'y pensez pas.

AMÉLIE

Je ne pense qu'à cela depuis une heure.

* Henri, Amélie.

HENRI

Et que dira-t-on?

AMÉLIE

A Paris, que voulez-vous qu'on dise?

HENRI

Mais... et moi?

AMÉLIE

Vous?... Vous le croyez donc bien dangereux?...

HENRI

Je le crois... fort mauvais sujet.

AMÉLIE

. Mauvais sujet ! Qu'est-ce que cela veut dire?

HENRI

Cela veut dire... mauvais sujet. Les mots sont les mots.

AMÉLIE

Sans doute, mais on ne se paye pas des mots, quand ils ne sont pas justifiés par des raisons.

HENRI

Quelles raisons voulez-vous...?

AMÉLIE

Voyons... le croyez-vous capable de manquer de respect à une femme?

HENRI

Eh !... je ne m'y fierais pas.

AMÉLIE, *sèchement.*

Vous le calomniez.

HENRI

Ah ! vous prenez sa défense?

AMÉLIE, *passant à la droite du théâtre* *.

Je vous demande des faits, et non des suppositions gratuites.

* Amélie, Henri.

HENRI, *ironiquement*.

Fort bien... Je ne vous cacherai donc pas plus long-temps que M. de Bussy est un jeune homme timide, qui marche les yeux baissés, qu'un propos léger fait rougir, qui ne boit que de l'eau à table, et que son chef de corps compte proposer très-prochainement pour le prix Montyon. Maintenant que vous m'avez arraché cet aveu, madame, êtes-vous contente ?

AMÉLIE

Que vous êtes désagréable !

HENRI

Mais aussi, pourquoi, je vous le demande, insistez-vous tant sur ce sujet ?

AMÉLIE

Sur ce mauvais sujet, ne l'oublions pas... (*Elle aper-çoit le papier que Henri tient à la main.*) Qu'est-ce que vous tenez donc là ?

(Elle le prend.)

HENRI

Un papier que vous devez connaître. Je l'ai pris sur la table.

AMÉLIE, *après avoir lu*.

Et moi qui croyais qu'il faisait sa correspondance ! Mais c'est très-sensé, ma foi... Et vous osez dire que c'est un mauvais sujet !

HENRI

Ah ! c'est lui qui...

AMÉLIE

Etudiez cela pour en faire votre profit, si jamais vous vous mariez.

(Elle remet le papier sur la table.)

HENRI

Comment, si jamais je me marie ! Mais j'y compte bien, et avec vous encore ! Et je n'ai nul besoin de me régler sur ce barbouillage pour me bien conduire. Mon cœur me fournira sur ce point toutes les indications nécessaires... Voyons enfin, quel jour ?

SCÈNE XVIII

AMÉLIE, GEORGES, HENRI.

GEORGES. *Il entre brusquement par la porte du fond et vient se placer entre Amélie et Henri, qui s'écarte, avec un geste d'impatience.*

Ah ! madame, vous êtes là. Je vous cherche depuis un quart d'heure ; demandez plutôt à monsieur.

AMÉLIE

Qu'avez-vous donc de si pressé à m'apprendre?

GEORGES

Madame, j'ai l'honneur de vous demander votre main.

HENRI

Monsieur de Bussy, j'en suis fâché pour vous, mais... (*se plaçant entre Amélie et Georges*)* demandez plutôt à madame, au moment où vous êtes entré, nous étions occupés à prendre jour pour notre mariage. Ainsi, je vous prie désormais de me considérer comme le mari de madame.

AMÉLIE

Monsieur Desrieux, rien n'est encore décidé.

HENRI

Comment, rien!... Depuis une heure, n'avez-vous pas réfléchi?... Que m'aviez-vous dit ?

* Amélie, Henri, Georges.

AMÉLIE

Je vous avais dit de me laisser seule ; mais (*passant entre Henri et Georges **) demandez plutôt à monsieur, à peine étiez-vous sorti qu'il est entré. Je ne suis pas restée seule un moment.

(Elle se tourne vers Georges, qui fait un geste affirmatif.)

HENRI, *d'une voix mal contenue.*

En vérité, le prétexte est charmant.

(Georges s'éloigne d'eux, mais il suit de loin leur petite altercation.)

AMÉLIE

Mais ne le trouvez-vous pas plausible ?

HENRI

Oh ! très-plausible. Seulement, venant après la demande de monsieur, on pourrait croire qu'il en est la conséquence.

AMÉLIE, *froidement.*

Ah !... libre à vous de le croire, monsieur.

(Elle va s'asseoir près du guéridon.)

HENRI, *la suivant.*

Amélie ! pardon !

AMÉLIE

Mon ami, vous devez sentir que vous êtes parfaitement ridicule.

HENRI, *jetant un coup d'œil du côté de Georges.*

C'est vrai... Quand nous serons seuls.....

AMÉLIE

Revenez.

HENRI, *à part.*

Cela ne tardera pas.

* Henri, Amélie, Georges.

AMÉLIE

Au revoir.

HENRI

A bientôt. (*Il va prendre son chapeau sur la cheminee;
à part, en désignant Georges qui lui tourne le dos.*) Toi,
je vais avertir ton capitaine.

(Il sort.)

SCÈNE XIX

AMÉLIE, GEORGES

GEORGES, *à part.*

Il est furieux.

(Il traverse le fond de la scène *.)

AMÉLIE, *se levant.*

Sérieusement, monsieur, ne pensez-vous pas qu'il
serait temps d'aller terminer vos arrêts chez vous?

GEORGES, *qui, au premier mot, est devenu très-sérieux.*

Mon Dieu, madame.....

AMÉLIE

Car enfin je me fais ce raisonnement bien simple :
ou votre capitaine s'informera, ou il ne s'informera
pas. Dans le premier cas, vous ne pouvez persister à
soutenir une chose que le concierge sera le premier à
démentir. Dans le second, vous êtes en sûreté partout,
et chez vous plus qu'ailleurs. Je vous engage donc,
monsieur, dans votre intérêt même, à regagner votre
domicile.

* Georges, Amélie.

GEORGES

Madame, vous raisonnez si juste, que je n'ai plus
qu'à vous obéir... (*Il va lentement prendre son képi, et
revient.*) Mais comme je suis votre débiteur, j'ose es-
pérer que vous me permettrez bien de venir quelquefois vous payer ma dette.

AMÉLIE

Oh! monsieur, je vous tiens quitte de tout. Vous
savez que les folies ont tort, quand elles se prolongent ;
celle-ci a duré toute une heure, et c'est assez.

GEORGES

Vous appelez cette heure une folie, madame. Ah!
peut-être est-ce là l'unique impression qu'elle vous
laisse ; eh bien, moi, je n'échangerais pas cette heure-
là contre des années. Vous l'aurez oubliée demain sans
doute ; mais, croyez-le, cette heure charmante ne s'ef-
facera jamais de mon souvenir... Adieu, madame.

AMÉLIE

Adieu, monsieur... (*Georges se dirige vers la sortie.
Amélie traverse la scène *. Il se retourne pour la saluer
une dernière fois.*) Au fait, je puis bien vous tendre la
main, ce ne sera pas la première fois.

GEORGES. *Il accourt et lui prend la main.*
Ni la dernière non plus ?

AMÉLIE

Ah! cela vous regarde. (*Georges lui baise la main et
sort ; elle remonte la scène pour le suivre des yeux ; puis
elle s'approche de la fenêtre. A part.*) Le capitaine!
(*Elle s'éloigne de la fenêtre, de manière à dépasser la
porte, et appelle.*) Monsieur de Bussy! monsieur de
Bussy! (*A part.*) Ah! le pauvre jeune homme!

GEORGES, *accourant.*
Vous m'appelez, madame ?

* Amélie, Georges.

AMÉLIE, *très-émue.*

Votre capitaine ! Votre capitaine ! là-bas, au bout de la rue, le voyez-vous ?

GEORGES

C'est vrai. Monsieur Desrieux l'accompagne.

AMÉLIE

Oh ! c'est lui qui vous a trahi, je parie.

GEORGES, *descendant la scène.*

Mais ça m'en a tout l'air.

AMÉLIE

Qu'allez-vous faire ?... Dans deux minutes ils seront ici.

(Elle se rapproche de la fenêtre *.)

GEORGES

C'est juste. Je descends, madame, pour vous épargner l'ennui de les recevoir.

(Il remonte la scène.)

AMÉLIE, *l'arrêtant du geste.*

Il s'agit bien de moi ! C'est de vous qu'il est question. Que va-t-il arriver, mon Dieu ?

GEORGES, *exploitant la situation.*

Rien. On m'infligera... quinze jours de prison d'abord, puis... un mois, ensuite... deux.

AMÉLIE

Oh ! mais vous dites cela d'un air calme !... Et si l'on vous destitue !

GEORGES

Que voulez-vous, madame, on me destituera.

AMÉLIE

Mais si vous passiez en conseil de guerre !

* Georges, Amélie.

GEORGES

Ah ! voilà !... Il est de fait qu'ayant trompé mon capitaine...

AMÉLIE

Mon Dieu, mon Dieu, cachez-vous.

GEORGES

Me cacher ! A quoi bon ?

AMÉLIE

Que sais-je, moi? vous gagnerez du temps.

GEORGES

Non, madame, je n'ai qu'une chose à faire, descendre.

AMÉLIE, *l'arrêtant de nouveau.*

Mais, malheureux, vous courez à votre perte. (*Elle regarde à la fenêtre.*) Oh! mais les voilà devant la porte; ils entrent...

GEORGES

Adieu, madame.

AMÉLIE, *le retenant encore.*

De grâce, monsieur, n'est-il aucun moyen de vous sauver?... Voyons...(*Elle passe à la droite du théâtre.* *) je puis vous céder à bail une partie de cet appartement... Je puis...

GEORGES

Vous ne pouvez qu'une chose, madame.

AMÉLIE

Parlez donc vite.

GEORGES

Ne me démentez pas plus cette fois que vous ne m'avez démenti la première.

AMÉLIE

Oh! si ce n'est que cela, je m'y engage.

* Amélie, Georges.

GEORGES

Bien vrai ?

AMÉLIE

Sur l'honneur.

(Georges pose son képi sur le guéridon.)

SCÈNE XX

AMÉLIE, GEORGES, CHAVIGNY, HENRI. *Chavigny entre brusquement; Henri n'entre qu'une seconde après.*

CHAVIGNY, *découvert.*

Ah! ah! j'étais bien sûr de vous retrouver ici. (*Il descend la scène; Henri va se placer devant la cheminée, au dernier plan.*) Ah! monsieur, vous demeurez maintenant au faubourg Saint-Germain?

GEORGES

Sans doute, mon capitaine.

CHAVIGNY

Je n'en doute pas, monsieur, puisque vous allez loger aux frais de l'Etat, dans la rue du Cherche-Midi. C'est tout près. Votre fenêtre prend une rue d'enfilade... Tenez, la même disposition qu'ici. Seulement, là-bas, c'est la rue du Regard, et c'est la bien nommée : le coup d'œil est magnifique.

GEORGES

Pardon, mon capitaine, je ne comprends pas.

CHAVIGNY

Vous calomniez votre intelligence, monsieur. Cela veut dire tout bonnement que vous allez passer, par mon ordre, quinze jours en prison, sans préjudice de l'augmentation que je demanderai pour vous au général.

HENRI, *à part.*

Bravo !

CHAVIGNY

Madame, je vous fais mille excuses... Quand vous voudrez, monsieur de Bussy.

GEORGES

Mon capitaine, permettez... de quoi suis-je donc coupable ?

CHAVIGNY

Ah çà, croyez-vous m'en imposer encore ? Vous êtes ici chez vous ?

GEORGES

Je suis si bien chez moi, mon capitaine (*prenant la main d'Amélie*) que j'ai l'honneur de vous présenter Mme de Bussy, ma femme.

AMÉLIE, *à part.*

Oh ! le traître !

CHAVIGNY

Sa femme !

HENRI

Sa femme !

AMÉLIE, *à Henri.*

Oui, monsieur, sa femme.

(Chavigny s'incline devant Amélie. Henri donne les marques d'une profonde stupéfaction.)

CHAVIGNY, *d'un air gracieux.*

Monsieur, puisqu'il en est ainsi, continuez vos arrêts.

FIN

Paris. — Imp. C. Towne, rue d'Aboukir, 9.